BLANCHE CAZES

Pour une Étoile

POÈMES

AVIGNON
AUBANEL FILS AINE, Editeur
15, PLACE DES ETUDES, 15

1928

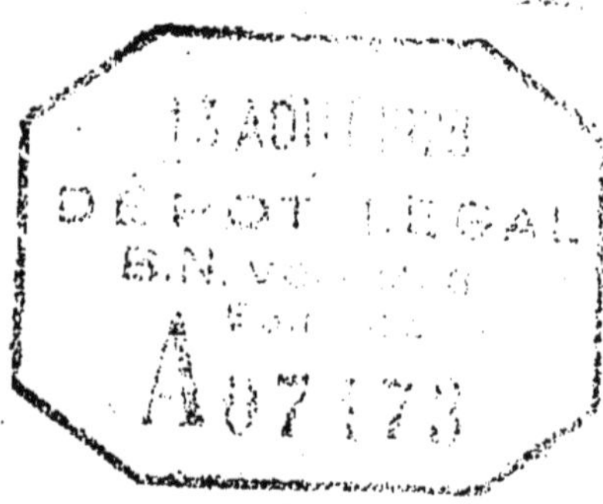

BLANCHE CAZES

Pour une Étoile

POÈMES

AVIGNON
AUBANEL FILS AINE, Editeur
15, PLACE DES ETUDES, 15

1928
(Tous droits réservés.)

POUR UNE ÉTOILE

POUR L'ETOILE DU MATIN

Diamant de l'aurore en fleur, céleste givre,
Larme divine, étoile aux rayons argentés,
    Il faut te dédier ce livre,
    Ta lumière me l'a dicté ;

Car c'est de l'heure bleue et noire où tu te lèves
A l'heure où tu pâlis dans le ciel rose et vert
    Que se cristallisent mes rêves
    Parmi les cadences des vers.

LES JOURS PERDUS

L'heure passe... Voici fleurir dans le ciel noir
Sirius, Orion, Rigel et Bételgeuse,
Et voici revenir sous la lune songeuse
L'invincible tourment que m'apportent les soirs.

C'est la mélancolie à l'ombre associée
Qui me fait chaque nuit un cœur désemparé ;
C'est le regret poignant des passés ignorés,
La nostalgie aussi des choses oubliées...

Encore un jour qui meurt ; encore un jour perdu,
Le six mille sept cent soixante-quatrième,
Et nulle n'a germé des heures que je sème,
Et nul n'est arrivé des bonheurs attendus !

Je regrette les fleurs que je n'ai pas cueillies,
Les mystères divins que je n'ai pas compris,
Les lèvres et les yeux qui ne m'ont pas souri,
Les aurores sur d'autres monts épanouies ;

Je regrette les sons, les parfums, les clartés,
L'aspect de l'univers en ces minutes brèves,
Tout ce qui fut loin de ma vue et de mon rêve,
Tout ce qui pouvait être et qui n'a pas été.

Oh ! vivre le destin des hommes et des races,
Vivre tous les moments, vivre en tous les pays !
Oh ! pouvoir embrasser d'un regard ébloui
L'intégrale splendeur du temps et de l'espace !

MUSIQUE

La mouette, hermine du flot
qui livre sa tiède blancheur
à la verte fraîcheur marine
voit des cercles grandir et s'éployer sur l'eau
comme autour du bouleau les cercles de l'aubier,
circonférences balancées
qu'efface la danse des vagues.

Mais le violoniste au bout de son archet
suscite dans l'air bleu des ondes globulaires,
car les vibrations des cordes effleurées
s'échappent une à une en sphères concentriques.
Au bout de son archet, tel un enfant joueur,
il égrène alentour des bulles de musique ;
Et ces bulles glissant aux clartés sidérales
envahissant l'éther et la foule des ondes,
débordent l'étroit firmament
et gonflent sans repos, gonflent à l'infini
vers d'autres cieux, vers d'autres mondes,
leurs globes traversés par le vol des comètes.

A combien de myriamètres
chantent dans ce concert mes chansons d'autrefois ?
Vous tous qui vivez loin de moi,
je sais que votre voix s'est unie à la mienne ;
qu'elles se croisent chaque jour et se mélangent
parmi toutes les voix, tous les bruits de la terre,
éteintes à jamais pour les êtres mortels,
perceptibles toujours à l'oreille des anges.

Oh ! s'en aller sur un avion de magie
rapide plus que la lumière ;
poursuivre et dépasser les ondes élargies ;
voler, voler, voler encore,
Christophe Colomb des étoiles ;
voler, voler, le cœur fou, les ailes tendues,
s'illuminer au flamboiement zodiacal,
et pouvoir, oh ! pouvoir miraculeusement
rejoindre dans l'azur les musiques perdues !

GEOGRAPHIE

Mais où s'élèverait ta demeure, mon rêve ?
Sur le bord de quel fleuve ou le flanc de quel mont ?
Des sables du désert aux sables de la grève,
Nomade insatisfait qui chemines sans trêve,
Cherche le plus aimé des lieux que nous aimons.

Est-ce le Djebel-Kher ou le Djebel-Orouze,
Le Murdjadjo, lionne à l'obscure toison
Qui pose sur la ville une griffe jalouse
Et, par-dessus les flots, regarde à l'horizon
L'éternelle blancheur des sierras andalouses ?

J'aime la plaine ardente et nue où le berger
Promène son troupeau dans l'herbe morte, et j'aime
Les villages riants parmi les beaux vergers,
Misserghine aux parfums de myrte et d'oranger,
Kristel aux grenadiers chargés de mille gemmes.

Oran garde mon cœur ainsi qu'un doux aimant,
Car elle a conservé mystérieusement
Dans ses murs familiers mes heures disparues;
Un souvenir s'éveille au coin de chaque rue,
Un écho du passé résonne à tout moment.

Mais toi, Miliana paisible que partage
Un fleuve murmurant de grands platanes verts,
Pourrais-je t'oublier sous de plus frais ombrages,
Terme délicieux de mon premier voyage
Où la voix d'un ruisseau dicta mes premiers vers ?

Et toi, pour quel pays de songe t'oublierais-je,
Tlemcen où je laissai mon âme, un jour d'été,
Près du torrent qui tombe en écumante neige
Et roule, dans le gouffre aux sauvages beautés,
Des fleurs de laurier-rose et le ciel reflété !

Je vous aime, Terni, Canastel, Ouzidane
Aux sentiers verts parés d'herbes et de lianes,
Agadir qu'on nommait jadis Pomaria,
Sebdou, Mers-el-Kébir, asile des tartanes,
El-Eubbad, Mansourah, Bou-Sfer, Adélia ;

Et vous toutes aussi, les villes inconnues
Que cherchait mon enfance aux pages des Atlas :
Colossale New-York aux larges avenues ;
Athènes, qui n'es plus la vraie Athène, hélas !
Naples sous le cratère empanaché de nues ;

Lhassa mystérieuse à l'ombre des sommets ;
Farouche Kœnigsberg aux sables mêlés d'ambre ;
Médine où se montrait l'archange à Mahomet ;
Alger dont je verrai la beauté de septembre ;
Corcyre que mes yeux n'apercevront jamais.

Toutes les villes, tous les champs, toute la terre !
Les savanes en fleurs, les steppes, les toundras,
La selve du Chili, le fauve Sahara
Dont j'ai senti passer l'haleine incendiaire,
La jungle ténébreuse où rôdent les cobras.

Que de beautés en toi, Nature trop splendide,
Que de beautés pourtant j'ignorerai toujours !
Notre pas est tardif, les heures sont rapides.
Entre mille chemins il faut que l'on décide,
Et le choix est cruel à chaque carrefour.

Le soleil de minuit, l'aurore boréale,
Les mirages dorés qui des sables s'exhalent
Ne brilleront-ils pas un jour à mes regards ?
Mourrai-je sans cueillir des roses au Bengale,
Sans gravir le Caucase et le Gaurisankar ?

O Nature que nul ne peut connaître toute,
'Nature au cher sourire éternel et vivant,
Je voudrais m'en aller vers toi le long des routes.
En vain tous les pays m'appellent, et j'écoute
Leur nostalgique voix chanter aux quatre vents.

Que ne suis-je la mer, la mer immense et ronde
Qui ferme sur le globe un poing de cristal bleu !
Pour assouvir enfin cette âme vagabonde
Brûlant de contenir en soi le vaste monde,
J'ose même envier l'ubiquité de Dieu !

ETOILES

Si, pour toute heure où j'appelai
La mort qui repose et libère,
Un astre soudain se voilait,
La nuit n'aurait plus de lumière.

Mais si pour chaque cri d'amour
A la splendeur universelle
Brillait une étoile nouvelle,
La nuit ferait pâlir le jour.

L'AVION

Oh, la fuite d'Icare, et sa métamorphose
En hirondelle heureuse abandonnant le nid !
Une prison volante aux fenêtres bien closes
Ne réalise pas mon rêve d'infini

Que seul emporterait sur son aile de flamme
Un archange vainqueur, Michel ou Gabriel ; ·
Ce qui ne peut monter aussi haut que nos âmes
S'éloigne de la terre et n'atteint pas le ciel.

Errants aériens, jamais je ne l'envie,
Votre immobilité captive de l'éther,
Ne laissant même pas à la route suivie
Les sillages tremblants qui meurent sur la mer.

J'aime l'auto lancée au cœur d'un paysage
Sous l'échevèlement des feuillages brouillés,
Quand s'élève à l'arrière un poussiéreux nuage
Ou que des gerbes d'eau quittent le sol mouillé.

Pourtant, cet avion qui vole vers l'aurore,
Embrasé tout-à-coup par un nouveau soleil,
Ce fier isolement dans le vide sonore,
L'océan de cristal qui berce l'appareil,

L'ombre nette glissant à la cime des nues
Me donneraient sans doute une ivresse inconnue.

DÉMÉNAGEMENT

Adieu, les feux rouges du phare
Qui se mire dans le flot noir ;
Adieu, les errantes guitares
Et les mandolines du soir.

Adieu, les lys que j'ai vu naître
Feuille à feuille tout un hiver
Et qui s'ouvraient à nos fenêtres,
Si blancs sur l'azur de la mer.

Plus de romances ibériques
Chantant un amoureux souci,
Mais au grand soleil électrique
La sérénade des taxis.

Je ne vois plus rougir l'aurore
Dans les brumes des horizons ;
Si la mer me sourit encore,
C'est là-bas, entre deux maisons.

Et la grande Ourse, la grande Ourse
Qui dans le ciel libre du nord
Courait son éternelle course,
Mon horloge à l'aiguille d'or !

La lune se lève plus belle
Sur les plaines que sur les toits.
D'autres fleurs s'ouvriront pour moi,
Mais que de pierres autour d'elles !

D'UNE FENETRE

Oh ! la ville, la ville, énorme termitière,
La ville impitoyable aux milliers de prisons !
Du plâtre, du ciment, des briques et des pierres
Nous découpent le ciel, nous cachent l'horizon.

L'asphalte et le pavé couvrent la douce terre
Et tout l'or du soleil ne nous est pas resté :
Des fils aériens grillagent la lumière
Comme pour empêcher nos âmes de monter.

Car la ville est semblable aux mygales voraces
Dans leur piège de soie où meurent les oiseaux ;
Elle tisse la mort : Cet avion qui passe
Ne va-t-il pas se prendre à l'énorme réseau ?

Nature ! quand l'aurore en souriant s'éploie,
Rougissant l'églantine ou dorant les épis,
Tu frissonnes d'amour, de jeunesse et de joie ;
Pour nous, c'est l'heure grise où l'on bat les tapis.

Mais sur nos boulevards vibrants d'automobiles,
Dans la foule fiévreuse au murmure confus,
On ne peut oublier les pâtres de Virgile
Qui jouaient du pipeau sous les arbres touffus.

CREPUSCULE

Voici l'heure où la dentelaire et la pervenche,
Reflets du ciel, azur en fleurs, paraissent blanches
Dans l'air couleur de dentelaire et de pervenche.
Un à un, doucement, les stratus embrasés
Se fanent comme des rêves réalisés.

La ville semble avoir une âme au crépuscule ;
Du mystère descend dans les yeux obscurcis.
Mais le charme s'enfuit dans l'ombre qui recule,
Car les lampes déjà s'allument, et voici
Le fanal rouge des taxis.

AU SUD

Je n'irai pas vers le désert
Où l'été calcine les sables ;
Mon cœur en mourrait cet hiver
De nostalgie inguérissable.

Je n'y veux pas aller, sachant
Que les soirs fleurissent la dune
D'amarante au soleil couchant,
D'héliotrophe au clair de lune.

Si l'on pouvait choisir un lieu
Où rêver son calme poème...
Mais puisqu'il faudrait être Dieu
Pour vivre en tout ce que l'on aime,

Que d'autres échappent gaîment
A la prison des villes mornes
Et connaissent l'enivrement
D'oublier les murs et les bornes ;

Que leur voix vibre sans écho
Sur les solitudes en flamme ;
Que l'étreinte du siroco
Brûle leur visage et leur âme

Sous la fauve splendeur du jour
Ou la lourde nuit constellée...
Moi, j'aurais peur, à mon retour,
D'être une éternelle exilée.

SUR UN ADAGIO

A M. M. Buono.

Le chant des violons s'atténue et murmure ;
Ils évoquent tout bas, parmi l'aurore grise
Lentement répandue en un ciel qui s'azure,
Le chœur éparpillé de lointaines églises.

Malgré le soir qui tombe et les lampes voilées,
Malgré les quatre murs bien clos de cette salle,
J'écoute bourdonner de vallée en vallée
Harmonieusement les cloches matinales

Comme un éveil d'oiseaux que la lumière enivre,
Angélus égrenés en bruine de cuivre...

SELON LES PROPHETES

Lorsque Dieu règnera sur terre,
Dit Zacharie avec Osée,
Il sera pour nous la lumière
Et pour nos plaines la rosée.

Le juste lèvera son front
Vers le monde pacifié ;
Les amis se réuniront
Sous les pampres ou le figuier.

La Judée, absoute et fleurie
Comme un lis aux fleurs éclatantes,
Verra des foules attendries
Planter à son ombre leurs tentes.

Quand possèderons, Seigneur,
Pour y recevoir nos amis,
Le jour calme, le simple cœur,
La vigne et le figuier promis ?

LA FLUTE DE ROSEAU

Quel murmure, tandis que tous les bruits s'apaisent,
Vient errer sur la baie où flotte un fanal vert ?
C'est un roseau qui chante au bord de la falaise
Entre le gris du ciel et le noir de la mer.

Ces notes que module une lèvre attentive
Coulent à petit bruit, sans hâte et sans effort,
Tel un calme ruisseau qui traîne à la dérive
Les rameaux défleuris tombés des arbres morts.

O flûte de roseau triste comme l'automne,
L'automne de l'année ou celui de nos cœurs,
Berceuse nostalgique et douce et monotone
Faite pour endormir la peine et la rancœur...

A l'horizon doré monte la lune d'ambre,
Et ta chanson devient, éparse sur les eaux,
L'âme du clair de lune et l'âme de septembre
Et l'âme de mon âme, ô flûte de roseau !

CROQUIS

Une frêle chanson plus vibrante et plus aigre
Que le bourdonnement du moustique d'été,
Une étrange musique énerve la clarté
      Au cœur chaud du village nègre.
      Quatre notes vives, toujours
Quatre notes à l'infini recommencées
      Où se mêle un battement sourd
      Comme le bruit d'un cœur trop lourd
      Qu'oppresse une amère pensée.

Un cercle s'est formé de burnous éclatants
        Sur le sol doré de la place.
Des visages voilés se penchent aux terrasses.
Un serpent va danser.
                Nul ne bouge. On attend.

Le charmeur à genoux soulève le couvercle
D'un vieux panier posé dans la poussière en feu.
        Quelque chose a paru... Le cercle
        Tressaille et s'élargit un peu. ·

Et voici qu'à l'appel mystérieux du psylle,
Le captif exilé des blondes oasis
Ondule, puis se cambre et demeure immobile
Comme l'uræus d'or au front de Sésostris.

UNE ROSE

Le parfum d'une rose errait au clair de lune
Parmi la fraîche odeur de la terre mouillée.
Entre mes doigts, combien de roses effeuillées
Ont exhalé leur vie odorante, une à une !

Mais celle-ci n'est point une rose banale
Qui passe et qu'on oublie et qu'une autre remplace ;
Elle est née avec le printemps sur la terrasse
Où je musais au clair des lunes hiémales.

Unique, et pour cela doublement précieuse,
Elle est sur le rosier droite comme un ciboire.
O coupe de carmin fragile, je veux boire
Les pleurs dont t'a chargée une heure pluvieuse.

HAI-KAI

NUIT

I

Les étoiles douces
Sont des lampyres dormant
Sur l'obscure mousse.

II

Au noir promontoire,
Un feu mourant par moments
Se mire en l'eau noire.

III

Une fusée inattendue
File et s'efface au firmament :
Où vont les étoiles perdues ?

JOUR

I

Voguant au fleuve de clarté
Qu'allonge un beau rayon d'été,
La tortue agite ses rames.

II

Ferme tes cils, pour que l'œil étonné
De voir mille fils d'or mobiles rayonner
Dévide le soleil, tel un cocon de flamme.

III

Dans ta splendeur torride et flamboyante
S'en va, soleil, mon rêve butiner
Comme l'abeille au cœur de l'hélianthe.

UNE COPLA DANS LA NUIT

El dice que no me quiere,
Pero me viene à buscar
Como el agua busca al rio
Y el rio busca à la mar.

Le jour s'efface. A l'horizon persiste encore
Un long reflet couleur de rose et de phosphore.
La lune blanche est un pétale d'oranger.

Un sourd bruissement de feuillages légers,
Pins où monte le lierre et fragiles ailantes,
Murmure la douceur de ces minutes lentes
Et la brise du nord, la brise au goût salé
M'apporte le baiser du flot qu'elle a frôlé
Dans le golfe bercé de vagues nonchalantes.

Une femme qui passe avec un rire clair
Chante de sa voix pure où vibre la jeunesse :
« Il dit qu'il n'aime pas, et vient à moi sans cesse
Comme l'eau vient au fleuve et le fleuve à la mer. »

Elle passe ; la nuit couvre sa robe blanche
Et rien ne chante plus que la brise et les branches.

SOUVENIR

Je me rappelle un champ de hautes asphodèles
Aux millions d'étoiles roses presque blanches ;
Le pollen orangé qui mûrissait en elles
S'essuyait à ma robe claire des dimanches.

Le soir venait, un soir aux brumes d'améthyste ;
Et l'air se nuançait de mauve et se troublait
Comme une eau pure où le céleste aquarelliste
Aurait trempé souvent ses pinceaux violets.

LA CRECHE

Pour André.

Des rochers de papier forment l'étable sainte
Où repose un Jésus de cire aux yeux fardés.
Quatre bergers emplis d'une pieuse crainte
Font gauchement de grands saluts intimidés.

L'âne fragile, ayant perdu ses deux oreilles,
Est parti pour l'exil d'un placard ténébreux ;
Mais sur l'enfant, toujours le bœuf tranquille veille,
Et voici les agneaux qui s'avancent nombreux.

Piqués de ci, de là, des feuillages d'asperge
Figurent le sapin classique. Agenouillé
Sur la paille, Joseph, près de la douce Vierge,
Regarde le tableau d'un air très ennuyé.

Ton caprice a voulu suspendre cette cloche
A la voûte près de l'étoile aux cent rayons,
Cloche rouge qui sonne un grêle carillon ;
Et l'acide borique a neigé sur les roches.

. . . .

O bonheur puéril des crèches d'autrefois !
O superstitions folles et merveilleuses !
Noël, nuit de mystère et d'attente joyeuse,
Ton charme est bien fini : je n'ai plus que la foi.

LANTERNE

Cette lanterne peu commune
Elargissant un damier bleu,
Clair de soleil et clair de lune
Semblent se partager le lieu.

Voici le soleil sur la porte,
Voici la lune sur le mur.
Des femmes aux pâleurs de mortes
Traversent les zones d'azur ;

Sous cette clarté qui les baigne
De mélancoliques reflets,
Leurs bouches où le rouge saigne
Se colorent en violet ;

Leurs yeux sont plus froids que le givre,
Et l'on dirait qu'elles ont pris,
Ce soir, du sulfate de cuivre
En guise de poudre de riz.

Mais lorsqu'elles changent de case,
Dames sombres sur le damier,
Un petit carreau de topaze
Rallume leur teint coutumier ;

C'est le soleil après la lune
Et c'est la vie après la mort...
Brille au désert de la nuit brune,
Mirage de saphir et d'or !

VIEILLE CHANSON

Adieu, pauvre Carnaval !
Tous les fils de notre terre,
D'âge en âge, le chantèrent
Sur les monts ou dans le val.

Tu t'en vas et je demeure...
Ils mouraient en le disant,
Et notre âme d'à présent
Sera morte dans une heure.

Je demeure, tu t'en vas...
Chanson railleuse et naïve !
Moins que nous sont fugitives
Les empreintes de nos pas.

Tu t'en vas et je demeure,
Tu t'en vas pour douze mois ;
Mais où m'en irai-je, moi,
Quand il faudra que je meure ?

CHANSON

Des heures, des heures, des jours,
Et des semaines, et des mois...
Le Temps, précipitant son cours,
N'aura-t-il pas pitié de moi ?

Des heures et des jours encore,
Des jours, des mois et des années...
Toutes mes fleurs avant d'éclore
Une à une se sont fanées.

Inexorablement pareils
Se succèdent matins et soirs.
Ne te lève donc plus, soleil !
Etoiles, pleuvez du ciel noir,

Et que finisse l'alternance
Des crépuscules sans promesse,
Des aurores sans espérance
Et des midis sans allégresse.

Oh ! me soustraire à tout ceci,
M'enfuir si vite que mon âme
Fléchisse au vent comme une flamme
Et comme elle s'éteigne ainsi !

IN ÆTERNUM

Les yeux, blessés par la lumière
Qui tout le jour les éblouit,
Ferment leur obscure paupière
Pour se reposer dans la nuit.

Le cœur qui voit muer sans cesse
Et finir les êtres aimés,
Vaincu par sa longue détresse,
Renonce et demeure fermé.

L'esprit qui toujours vagabonde
Et revient toujours plus lassé
Ne trouve qu'un bonheur au monde :
Le bonheur de ne pas penser.

Alors, comme un reflet d'aurore
S'allume et teinte l'Orient,
Voici qu'un espoir brille encore :
L'espoir suprême du néant.

Vers quoi se tendront nos envies,
Si cette promesse nous ment ?
... La Mort, jumelle de la Vie,
A le même rire inclément :

— L'âme jamais ne se délivre,
Dit-elle au cœur qu'elle a tenté
Immortel qui ne veux pas vivre,
Tu vivras dans l'éternité !

CHANSON

Que c'est lourd, un cœur sans désir,
Une âme trop calme et trop sage
Qui voit éclore les mirages
Sans jamais les vouloir saisir !

Que c'est lourd, un cœur sans espoir
Qui ne brûle de nulle envie
Et glisse au courant de la vie
Par les aurores et les soirs !

Mais, impuissant même à souffrir,
Ce cœur sans amour et sans haine
Ignorera toute autre peine
Que de naître et de voir mourir.

Cet emmuré qui ne veut pas
Que de sa tombe on le délivre,
Ecoute, insoucieux de vivre,
Résonner des voix et des pas.

Il connaît un plaisir amer
Et chante dans son hypogée
Comme les cloches naufragées,
Comme les cloches sous la mer.

TRIOLETS

I

Le Temps, cavalier vainqueur, nous entraîne
Suspendus aux crins de son cheval noir.
Laissant aux buissons des lambeaux d'espoir,
Le Temps, cavalier vainqueur, nous entraîne ;
Et l'immense abîme où sombrent les soirs
Nous attend là-bas au fond de la plaine.
Le Temps, cavalier vainqueur ,nous entraîne
Suspendus aux crins de son cheval noir.

II

Un sommeil sans rêve est ce que j'envie ;
Oh, ne plus penser ! oh, ne plus souffrir !
Un Léthé que rien ne saurait tarir,
Un sommeil sans rêve est ce que j'envie.
Ignorant la mort, j'ai peur de mourir ;
J'ai peur de durer, connaissant la vie.
Un sommeil sans rêve est ce que j'envie.
Oh, ne plus penser ! oh, ne plus souffrir !

III

Une étoile luit à travers les nues,
Etoile du soir, et de quel matin ?
Signe de clémence au front du destin,
Une étoile luit à travers les nues,
Courons vers le gouffre et l'astre lointain ;
Y trouverons-nous la Vie inconnue ?
Une étoile luit à travers les nues.
Etoile du soir, et de quel matin ?

NOCTURNE

Nuit de fièvre... Dans mon esprit
S'agitent désordonnément
Souvenirs et pressentiments,
Et je m'attriste, et je souris...

Voici mes plus chères minutes
Et mes heures les plus amères ;
Qui, de l'ombre ou de la lumière
Sera vainqueur en cette lutte ?

Mes frêles bonheurs effeuillés
Qui se dispersent, les voilà
Comme une neige de lilas
Au fil d'un fleuve ensoleillé.

Voici les pierres de la route
Où ma force en vain se dépense :
L'ennui pire que la souffrance,
Et, pire que l'ennui, le doute.

Et voici tout ce que j'aimai,
Tourment et liesse à la fois ;
Quelle mélancolie en moi
Par un suave soir de mai !

C'est aux jardins la cantilène
Du vent briseur de branches folles,
Et les romances sans paroles
De Mendelssohn et de Verlaine ;

C'est toute la splendeur du ciel
Aux versicolores clartés :
Clair de lune diamanté,
Soleil d'or vivant et de miel,

Nuages clairs comme des tulles,
Nuages gris portant l'orage,
Stratus en flammes qui s'étagent
Dans l'eau verte des crépuscules ;

Ce sont les villes de douceur
Où mon regard s'illumina,
La sereine Miliana,
Tlemcen aux charmes obsesseurs ;

Et ce qui me contraint à vivre
Plus que ces mortelles beautés,
La promesse d'éternité
Gravée aux pages des saints Livres...

DEPART

Ecolière en tablier noir
Qui m'apparais dans le miroir,
Mesurant des lignes de vers
Et laissant couler à travers
Tes doigts la richesse du Temps,
Sais-tu que nous allons avoir
Déjà vingt ans ?

Je les renie et les efface,
Tous ces jours perdus ! J'étendrai
Sur chaque heure le double trait
Des rails courant parmi l'espace,
— Deleatur ! — comme cela,
Et je les éparpillerai
Aux quatre vents du Tessala.

Pour oublier, pour oublier
Tout ce qui fut mon grand souci,
Je vais m'en aller loin d'ici ;
Je laisserai mon tablier,
        Mon âme aussi.

Je veux être une page neuve
Offerte au crayon du Hasard.
Envahissez le ciel, brouillards ;
Peu m'importe à présent qu'il pleuve
Et que se voilent les rayons,
Lorsque l'ivresse du départ
Luit en moi comme Procyon !

Car j'ai rendez-vous, un beau soir
Au vert pays du Sultan Noir,
Sous les grands arbres pailletés
D'or ou de pluviales gemmes,
J'ai rendez-vous, un soir d'été,
Avec moi-même !

TLEMCEN

Chambre d'hôtel : une petite chambre verte,
— Numéro trois, — dont la fenêtre large ouverte
Encadre les roseurs de la maison d'en face.
Rideaux blancs alourdis de poussière. Une glace,
Devant le lit, s'incline assez pour que je puisse
M'y regarder dormir. Dans la ruelle ou glisse
Parfois un vol léger d'oiseau crépusculaire,
Une à une déjà les fenêtres s'éclairent ;
Et la nuit vient, et mon reflet vêtu de noir
S'efface peu à peu dans l'ombre du miroir.

MANSOURA

Roses comme les fleurs fanées,
Des ruines abandonnées
Fondant au fleuve des années

Dans l'herbe folle et le gramen.
C'est la ville d'Abou-Lhassen,
Fière rivale de Tlemcen,

Qui vibrait de rumeurs joyeuses
Comme les nids dans les yeuses :
Mansoura, la victorieuse !

O la tristesse de ces lieux !
Le temple sans prêtre et sans dieu
Est à jamais silencieux.

Plus de fidèles en prière.
Leur nom s'effrite sur deux pierres
Au sein des calmes cimetières.

De la toiture qui croula
Rien ne demeure. Est-ce par là
Que s'est enfui l'esprit d'Allah ?

Dans les nefs où la laine douce
Des tapis étendait sa mousse
Multicolore, un arbre pousse.

Vous pleurez nuages en deuil !
Mansoura la ville d'orgueil
Est une morte sans cercueil ;

Une belle morte pâlie
Qui ne fut pas ensevelie,
Et qui s'efface, et qu'on oublie...

ASSONANCES DANS LE TAXI

Aussitôt que je vis ce jardin, je l'aimai.
L'auto se caressait aux branches d'une haie ;
Sur un rouge talus, de grands liserons roses
S'ouvraient, éclaboussés d'azur par les buglosses,
Et le saule penché pleurait des feuilles claires.
Oh, le parfum des fleurs dans la fraîcheur de l'air !
    Comme vous luisiez sous les branches,
    Douces étoiles des pervenches ;
    Et comme vous resplendissiez,
    Flammes jaunes des balisiers !

SUR LA ROUTE DE TLEMCEN

Je m'en vais au bord du chemin
Cherchant le trèfle à quatre feuilles ;
Se pourra-t-il que je vous cueille,
Mensonge des beaux lendemains ?

Sous les cyprès mélancoliques,
Au cimetière musulman,
Les flûtes d'un enterrement
Chantent leur plaintive musique.

Le trèfle où coule un ruisseau bleu
Semble une ligne de pervenches.
Un grenadier vers moi se penche,
Berçant ses calices de feu.

El-Kalaa, si tu me laisses
Cueillir ces feuilles en passant,
J'oserai croire que tu sens
Et récompenses ma tendresse.

Mais qu'importe ce talisman,
Si les choses inanimées
Restent pour moi les mieux aimées,
Les seules qu'on aime vraiment ?

ROMANCE

Les brises chassant une brume grise
Au soleil d'été me disaient qu'ainsi
S'évanouirait un jour mon souci.
Ne mentiez-vous pas, promesses des brises ?

Le tombeau sacré de Lalla Setti
S'élevait tout blanc sur un ciel de soie
Si bleu qu'il parlait de nouvelles joies.
Promesses du ciel, vous m'avez menti.

Au jardin paré de claires pervenches,
Les arbres m'ont dit : « Rêve, notre sœur,
Ton rêve te cherche au milieu des fleurs ».
Vous m'avez menti, promesses des branches.

La source coulant auprès du sentier
Me disait tout bas : « Ecoute et demeure ;
Le temps est venu, voici bientôt l'heure ».
Promesses de l'eau, comme vous mentiez !

TABLE DES MATIERES

AUBANEL FILS AINE, Editeur
15, place des Etudes, 15
AVIGNON